ゴンのお墓

「あの時はありがとう」とゴンが言った

左樹 早苗

文芸社

目次

「あの時はありがとう」とゴンが言った

その犬との初めての出会い

二〇〇一年一月、寒い冬の昼下がりのことである。私は散歩の途中、一匹の犬と出会った。その犬と、その後三年間にわたってあのように深い関わりを持つことになろうとは。

特別寒い日だった。毎日必ず散歩に出かける私も、その日ばかりは外出を控えたほうがいいかもと思った。でも窓から空を見上げると、視界いっぱいに広がる雲ひとつない青い空。矢も楯もたまらず、あっという間に暖かいダウンジャケット、毛糸の帽子、首には厚手のマフラーを二重に巻き付けて外へ飛び出していた。

私が暮らしている団地は、一帯が豊かな自然に恵まれている。素晴らしい紅葉の季節も過ぎ、今はすっかり葉を落としてしまった樹々の幹やこずえが、下から見上げると、ずいぶん高いところで空に溶け込んでいる。空は高い……。

空は広い……。

防寒着のおかげで寒さを感じない。空気が冷たくておいしい。すがすがしい気持ち。家を出てきて本当に良かった。しみじみ、そう思った。

いつもと違うコースをとり、広い大通りをそれて、車一台がやっと通れる小道に入った。しばらく歩いた。その道に沿って、某有名私立大学のサッカーなど体育会の合宿所兼学生寮が三つ点在していた。そのひとつ水泳部の学生寮の前に来た時、私は思わず足を止めた。

玄関前の、枯れ草が生い茂った、じめじめした陽の当たらない空き地に、古びたプラスチックの小さな犬小屋が、ぽつんとひとつ置かれているのが目に入ったからだった。

犬が、その小屋の中から私を見ていた。私と目が合った瞬間、低いうなり声をあげた。うなり声より何より私が大変驚いたのは、その犬の険悪そのものといった目つきだった。

小さすぎる小屋に無理やり体をねじ込んで入ったような感じで、小屋の中から顔だけ出し、私をにらんでいる。これほどまでに憎悪に満ちた、敵意むき出しの目をした犬を、それまで見たことがない。見た記憶がない。小屋から出てくるわけではない。うなり続け、ただただ怒っている。顔つきからどうやら雄犬らしい。適当に「ジョン」と呼んでみた。「太郎」とも呼んでみた。逆効果だった。犬は逆上し、興奮し、歯をむき出して、顔つきは狂暴そのものとなった。けたたましく吠え出した。鎖でつながれているようだったが、もし自由だったら小屋から飛び出してきて私を襲ったことだろう。これ以上刺激してはいけない。こんな時はさっさと退散するに限る。私の姿が見えなくなると、犬はぴたりと吠えるのをやめた。

これまでの人生で飼った犬たち

その恐ろしい犬に出会う半年前、私は十九年と三か月間、深い愛情を注ぎ、ともに暮らした人生のパートナーともいうべき愛犬を、老衰で亡くしていた。深い喪失感からまだまだ立ち直れていない時だった。ただやるせなくやり場のない辛くて寂しい気持ちも、住まい周辺の美しい自然の中に身を置いている時は心が癒され、悲しみも少し薄らいでゆく……。散歩に出かけるのが大切な日課となった。

子供のころから私は犬が大好きだった。どんな犬種であろうと関係ない。大きかろうと小さかろうと、犬を見かけると気持ちが和み、顔がほころぶ。いろんな犬がいる。私を見ると吠える犬。無視する犬。尻尾を振って飛びついてくる友好的な犬。愛想の良い犬、悪い犬。さまざまである。なかなか懐かない犬でも、根気よく優しく向き合っていると、そのうちに必ず心を開いてくれる。いくつもの体験から、私はそのことがよくわかっていた。

普通、私たちは、賢い犬だとか、尻尾を振っているから喜んでいるとか、吠えるから怒っているとか、単純にその程度で犬の気持ちを判断しようとする。でも犬は、私たちが思っている以上に豊かな感情の持ち主である。犬は考えるし、状況を理解することだってできる。頭の良し悪しはあっても、喜びや悲しみ、寂しい気持ちなど、犬の心は人の心と大きな差はないように思う。

私はこれまでの人生で犬を二匹飼った。子供のころ飼っていた犬は、ミックス犬の白い中型の雄犬で、非常に頭が良く、性格がとても頼もしくて、家族の中で、私に一番よく懐いていた。雄犬なのに私たちは彼を「キティ」と名付けた。どうして女の子の名前を付けたのだろう。多分「キティ」が女の子の名前だということを、あのころ私たちが知らなかったのだと思う。

昔は純血種ではないミックス犬のことを雑種と呼んでいた。「雑種」より「ミックス犬」のほうが耳に響く感じが良くて私は好きである。

となりの家に、やはりミックス犬で黒い長毛の、「チイ」という名前の、とても可愛い顔をした雌犬がいた。

私の母は千代子《ちよこ》という名前なのだが、父は母のことをいつも「ちい」と呼んでいた。

ところがとなりの家の「チイ」の飼い主の女性が、自分の飼い犬を、近所中響き渡るような大声で「こらチイ、こらチイ」と、しょっちゅう、怒鳴りつけたり、叱ったりするのである。母はそのことがとても嫌だったらしく、まるで自分が怒鳴られているみたいだと、よくこぼしていた。今となっては懐かしいエピソードである。

この犬「チイ」がキティを好きでたまらない。キティがいると近くに来て寝転んでおなかを見せ、甘えた表情をして精一杯愛情を示す。そばで見ているとほほえましい限りなのだが、キティは見向きもしない。ただ無視する。でも自分のすぐそばに寄ってこようものなら駄目で、ものすごく怒り、今にも嚙みつかんばかりにして追い払う。相手がこんなに可愛い雌犬であっても関係ない。きっぱり拒絶するのだ。それなのに、どんなに拒絶されても、チイは相変わらず、キティを見ると尻尾を振って近づき、甘えた態度を見せるのである。可哀そうだった。

実は、キティには意中の雌犬がいた。近くの理髪店で飼われていた「アサ」という名前の犬で、耳がピンと立ち、キティより少し小型でスリム、とても賢いのだと店主が自慢していたミックス犬だった。発情期のシーズンが来ると、キティは、アサがいる理髪店へ日参する。日中は店の入り口近くにただ座っている。自分の家にはほとんど帰ってこない。

あのころ、近所では犬はほとんど放し飼いだった。でもどの犬も自分の家のすぐ近くをうろうろするだけだったし、食事とか夜は必ずそれぞれの家に帰っていた。

ある夜のことだった。深夜映画から帰ってきていた私たち姉妹は、電気の消えた暗い理髪店の入り口で、店内に向かってガラスのドアに顔をくっつけ、じっと座っているキティを見た。人通りもない深夜である。いったい彼は何を思っていたのだろう……。彼の頭の中にはアサのことしかなかったのか。昼も夜も、アサにただ会いたかったのか。それほど彼女のことが好きだったのか。

ガラス戸に顔をくっつけると、暗い店内がわずかでも見えたのだろう。私たちは、キティの一途な愛に本当に驚いた。私自身まだ子供だったけれど、深い感動を覚えたものだ。大きくなったら、キティを人間にしたような男性に出会いたい、本気でそう思っていた。

真夜中、ドアに顔をくっつけてじっと座っていたキティの姿を、今でも時折思いだす。

私の人生で二度目に飼ったのは、ミニチュアダックスフントだった。長い間外国で暮らした私は、日本へ帰ったら絶対犬を飼うと心に決めていた。

帰国後、琵琶湖の近くに居を定め、いよいよ犬との共同生活を始めるのだ、と、心弾む思いで犬を探すことにした。

当時、大津市は「捨て犬や、不幸にも飼い主をなくした可哀そうな保護犬の新しい親になってくれる人を探す」行事を毎年実施しており、私はまずそこへ足を運んでみた。

たくさんの人が、その多くは子供連れで来ていて自分たちの家族になる犬を探していた。仔犬もかなりいたが、いずれも中型犬や大型犬になる犬種だった。私は室内で飼うことにしていたので、小型犬でなければだめだった。

捨てられたり、虐待されたりしている不幸な犬はいっぱいいるのだから、そういった犬たちの中から、自分のパートナーを見つけたい、必ず見つけられる、と高をくくっていたが、どうやらそれはそんなに簡単なことではないらしいということが次第にわかってきた。

私は子供のころ、ミックス犬に慣れ親しんでいたので、できることなら、成長しても大型にならないミックス犬に出会いたかった。残念だったが、見つからなかった。

いつかは出会えるだろうと思いつつ、しばらく探すのを中断した。

ある日私は、バスに乗ってさほど遠くない小さなペットショップへ向かった。どうしても犬と暮らしたかった。自分にピッタリくる犬にそんなに簡単に出会えるものではないとわかっていたし、期待はしていなかった。でもどんな犬がいるのかとにかく見てみよう。

店内には四匹、仔犬がいた。それぞれのケージの中から私を見ている。室内犬には最適と知人に聞いていた可愛らしいトイプードルがいた。目が合ったが、何も感じなかった。あちらも同じようであった。

捨てられたりした可哀そうな犬だったら、自分にピッタリ来るとか、そんなことはとても言っていられない。まず、そのみじめな境遇から救ってやりたい、大きな愛情で包んで少しでも幸せにしてやりたいと願う。しかし、お金を出して私のところへ来てもらうのである。これからの生活を共にしてゆくのだ。やはり何かを感じたい。そんなことを考えながら次の犬を見ていた時、一番奥のケージにいる一匹が、ちぎれんばかりに尻尾を振っているのに気が付いた。よく見ると、茶色のミニチュアダックスフントである。当時、この種類の犬は、まだとても珍しい存在だった。

店主に頼んでぶるぶる震えながらもまだ尻尾を振り続けている仔犬の、ビロードのようになめらかで柔らかく温かい小さなからだを腕の中に抱かせてもらった瞬間、この時こそが、まさにいわゆる「運命の出会い」だったと思う。

店主は「実はこの犬は客寄せ用の犬なので販売はしていません」と言った。

でも私は、ほかの犬のことはもう考えられなかった。ねばりにねばって、店主を説き伏せ、予算を大幅に上回ってしまったけれど、私はこの仔犬と一緒に自宅へ戻ったのだった。嬉しくて嬉しくて踊り出したい気分だった。

ミミと名付けたこの女の子と、十九年三か月人生を共にしたけれど、私にとって、ミミは決して「単なる飼い犬」などではなかった。大切な大切な家族だった。頭がずば抜けて良く、非常に豊かな感情の持ち主。室内で犬を飼うのは初めてだったけれども、こんなにまで異なる生命体でありながら、私たちはお互いを、本当によく理解した。文字通り寝食を共にする暮らしから、私はミミから「犬」について何と多くを学んだことだろう。何と多くの喜びをもらったことだろう。

ミミが私の所へ来て一週間ほどして、ジャパンケネルクラブから血統書が送られてきた。ミミの父も母も世界チャンピオンとあるではないか！　これにはすっかり驚いた。改めてミミを全身くまなく観察してみた。顔、姿、歯並び、性格、いずれも申し分ない。そして風格。急に、大変なワンちゃんだと思い始めたのだから、勝手なものである。

その後、私は大津市を離れ、東京の国立市へ住まいを移した。

ある日、ミミを車で都立小金井公園へ連れて行った。公園内をゆっくり散歩していると、遠くに同じミニチュアダックスフントを連れている女性がいた。近づいてみるとミミと同じ絹のようにつやつやした茶色の毛並み。ちょっとやそっとではお目にかかれないような引き締まった、りりしい顔立ちをしている。雄犬とすぐわかる男っぽいハンサムである。

ミミの優しくて可愛い顔と対照的だ。このハンサム犬がミミに一目で恋をしてしまった。私は有頂天だった。ミミにこんなに素敵なボーイフレンドが見つかるなんて！　ミミもまんざらでもなさそうだ。激しい勢いで尻尾を振っているその犬に対し、自分も尻尾を振り始めた。ああ二匹をこの広い公園で思う存分遊ばせてやりたい！

ところが、飼い主の女性は私を見ても知らん顔。その犬を無情にもリードで思いっきり強く引っ張り連れてゆこうとした。犬は全身で抵抗し、ミミのそばに座り込んだまま動こうとしない。飼い主は怖い声でその犬を叱り、無理やり引っ張る。犬は座ったままの姿勢で引きずられてゆく。大きな声で泣く。泣き続ける。振り返ってはミミを見て泣く。そして引っ張られる。また振り返ってはミミを見て泣く。また引っ張られてゆく。哀愁を帯びた大きな声でいつまでも泣き続けるのである。悲しげな泣き声が響き渡り、私まで切なく悲しくなってしまった。ミミに一目惚れしたそのりりしい犬は、別れが本当につらかったのだろう。つらくてたまらなかったのだろう。私は飼い主の女性を、心底、恨めしく思った。しばらくその泣き声が耳にこびりついて離れなかった。

誰もいない真夜中、理髪店のガラス戸に顔をくっつけて、ただじっと座っていたキティ……。都立小金井公園で、初めて出逢ったミミに恋こがれ、全身全霊でミミとの別れを心から悲しみいつまでもいつまでも泣き続けていたあの犬……。犬が特定の対象に、これほどまで、はっきり、自分の「好き」という気持ちを示すとは……。

キティと、りりしいハンサム犬、この二匹の純粋な愛と、私たち人間同士の純粋な愛との間に、いくらかでも差はあるだろうか……。

私はこの二匹の犬を忘れることはできない。

あの「怒れる犬」の名前がわかった

あの吠えまくっていた犬に話を戻そう。

私は獰猛な顔つきをしたあの犬のことがとても気になっていた。初めて会った日の翌日、同じ小道を歩いて学生寮まで行ってみた。犬はいた。同じ小屋の中から私を見た。目が合うと、やはり激しく吠えた。私が通り過ぎると、ぴたっと吠えるのをやめた。

その後も毎日散歩には出かけたけれど、あの犬に会う小道は避けた。一週間ほどして行ってみた。犬小屋の近くをゆっくりゆっくり歩き、ほんのちょっと立ち止まったりして、でも犬と目は決して合わせないで通り過ぎた。犬が小屋の中からこっちを見ているのはわかったが、犬は吠えなかった。なるほど、目を合わせさえしなければいいのか。

五日目、犬小屋からそんなに離れていないところへしゃがんで、でも目は決して合わせず、しばらくして立ち上がり、通り過ぎた。犬は吠えなかった。

犬はそろそろ私を覚えたに違いない。その翌日からまた同じことを繰り返した。しゃがんで鼻歌を歌ったり、こんにちは、と言ってみたりした。ただ目を合わせる勇気はまだなかった。また吠えられたらこれまでの努力が水の泡だ。

私はこの犬の、暗い陰険な目つきがとても気になっていた。何故目が合っただけであんなにまで怒るのだろう。普通の怒り方ではないのだ。激怒なのだ。よほど大きなストレスでも溜まっているのだろうか。この犬をもっと知りたい。友達になりたい。何とか穏やかな顔になってもらいたい。

最初の出会いから二週間以上経っていたと思う。この日、私は意を決して犬小屋へ向かった。ゆっくり歩いて近づき、小屋から少し離れたところで立ち止まった。犬は、相変わらず小屋の中から顔だけ出している。

私はできるだけ優しい気持ちを込めて、犬をしっかり真正面から見た。犬とばっちり目が合った。犬は吠えない！　心なしか目つきがそんなに険悪ではない！

嬉しかった。嬉しくてたまらなくて、ジョンと呼んでみた。吠えない！　太郎と呼んでみた。吠えない！

ちょうどその時、学生寮の玄関から学生が一人出てきた。犬は、学生を見ると小屋から出てきて尻尾をわずかばかり振っている。

私が近くに住んでいる者で散歩中であること、犬が大好きであることを話し、この犬は何という名前ですかと尋ねると、「ゴン」です！

ああ、君の名前はゴンだったのね！　ジョンでも太郎でもなかったのね！

学生がスクーターでどこかへ行ったので、そばに立っているゴンを改めてよく見てみた。白い毛並みで少し大きめの中型犬。目に特徴がある。少し吊り上がっている。だから怒ると余計怖い顔つきになるのかもしれない。スリムではない。痩せている。痩せているから、こんなに小さな小屋でも中に入れるのだろう。それでも体をねじるようにしないと簡単には入れないはずだ。

ゴンは、私のそばに立ったまま小屋に入ろうとしないので、こんにちは、ゴンと言ってみた。私の顔は見ない。でも吠えなかった。胴震いをして、大きなあくびをした。

この日まで、結構時間はかかった。でもこれでゴンと友達になれる！　ゴンは私を覚えた。もう吠えたりしない。私はそう確信した。凄く嬉しかった。明日何かおいしいものを持ってきてあげるからね。ゴン、また明日ね。さようなら。浮き浮きと足取りも軽く私は家路についた。

ゆっくり食べなさい、ゴン君！

翌日、近くのスーパーで焼き肉弁当、ソーセージ、チーズを買って、私はいそいそとゴンに会いに行った。痩せているので少しでも栄養をつけてもらおうと思った。

これまで気が付かなかったが、小屋のそばの草むらの中に、ドッグフードが少し入った食器と、水飲み用の小さい容器が置いてあった。しかし、ドッグフードは雨や雪のせいだろう。ぐちゃぐちゃに濡れてとても食べられそうにない状態だったし、水も、枯れ草や小さな紙片が浮いたりして濁っている。いろいろ食べ物を持ってきて本当に良かった。あんなに痩せているし、きっとおなかがすいていることだろう。

学生寮の玄関わきには、水道の蛇口が数個ついたコンクリートのかなり大きな足洗い場があった。私はそこで食器などをきれいに洗い、水も新しいものに換えた。

ゴンは小屋から出てきてそんな私をじっと見ている。私はまずソーセージをゴンの口元へ運んだ。夢中で食べる。今度はチーズ。あっという間に平らげた。ゆっくり食べなさい、ゴン！　まだたくさんあるんだから。最後に焼き肉弁当を取り出すと、ゴンの前に置いて待て、と言ってみた。でも何のことかわからないらしい。がつがつと夢中で、食べるわ食べるわ！　付け合わせのパセリから何から全部、きれいに平らげてしまった。そしていつまでも食器をなめまわしている。よほどおいしかったのだろう。

良かったね、ゴン！　そう言いながら、私は、嚙みつかれたりしないように用心しながら、勇気を出して、そっとゴンの頭を優しくなでてみた。ゴンは私を見上げてわずかばかり尻尾を振ってくれた。ああ嬉しい！　あの暗い険悪な目つきは消え去っている！

そのまましばらくゴンの頭をなで続けていたかったけれど、玄関から学生が二人出てきたので、私は食べ物の空き箱をさっさと片づけ、二人に軽く会釈して立ち去った。ゴンは、学生たちが飼っている犬である。飼い主がいるのに、見知らぬ人間が余計なことをしている、と思われたくなかった。

ゴンが心を開いてくれた

学生たちは、日中、大学へ通っていて、夕方ごろまで寮にはあまりいないようだった。

翌日お昼過ぎにゴンに会いに行った。学生たちに会いませんように、と願いながら。ゴンはいつもと同じく、小屋の中から外を見ていた。私を見ると小屋から出てきた。尻尾を振ってくれた。私が危害を加えたりする人間ではない、ということがもうわかったようだった。

ゴン、今日は何も持ってこなかったよ。昨日あんなにたくさんおいしいものを食べたでしょ。今日は君とお話ししたくって。私は優しくゴンの頭をなでた。ゴンはされるがまま、じっとしている。尻尾は振り続けている。

最初のころのあの狂暴な面影など全くない。同じ犬だとはとても思えない。それにしてもこんなに早く私に心を開いてくれるなんて……。性格そのものはいいのかも……。いつも周りにいるのが男子学生ばかりなので、女性に慣れていなかったのが一因かも……。

ゴンに初めて出会った時から、私はこの犬の激しい怒りがとても気になり、何とか穏やかな犬になってほしいと、そんなことばかり考えていたような気がする。そのため、それまでの半年間、愛犬を亡くしてあんなに苦しんでいたペットロス症候群から、このところ少し解放されている自分に気が付いた。

私は、ゴンがいつも入っている犬小屋をよく見てみた。ゴンには小さすぎる。とても古くて、ところどころ穴が開いたり裂けたりしている。プラスチック製である。中には、濡れた、薄い布切れが一枚、ぐしゃぐしゃになって入っている。雨などが隙間から入って濡れたのだろう。ああ、これではだめ、風邪をひいてしまう。寒くて夜など寝られないに決まっている。

私はすぐ家に帰った。古い毛布を取り出し、小屋に敷けるように小さく切った。古新聞も何枚か用意してゴンのところへ戻った。ゴンは、小屋の中にいた。眠っているようだった。名前を呼んで目覚めたゴンにすぐ外へ出てもらい、小屋の中の濡れた布切れを取り出した。新聞紙を小屋の底に敷き詰め、その上に毛布を二枚敷いた。ゴン、さあ入ってごらん。ゴンのお尻を押すようにして中へ入らせた。従順である。一切、逆らわない。

首のあたりにもう一枚毛布をあてがった。さ、これで暖かいよ。お昼寝を邪魔してごめんね。ゆっくりお休み。

勇気を出して学生たちにお願いする

一月中旬、寒波襲来で特別寒い日が続いた。私はゴンのことが気になって仕方なかった。本当は、毎日でもゴンに会いに行きたい気持ちだったけれど、余計なおせっかいを焼く迷惑な人だと、学生たちにうとましく思われるのではないかと、そのことがいつも頭を離れず、やきもきするばかり。でも……でも……この寒さだ。ゴンのことを思って、私は勇気を出した。思い切って、学生たちに会いに行ったのである。

学生寮の玄関のドアを開けて、大きな声でごめんくださいと呼ぶと、学生が二人出てきた。私は簡単に自己紹介して、ゴンの犬小屋を、今置いてある草むらから、足洗い場のコンクリートの上に移して頂けないかとお願いしてみた。今の場所は陽が当たらず、じめじめして、いつも濡れている。犬小屋の底は割れて、ところどころ小さな穴も開いている。小屋に毛布を敷いても、すぐ濡れてしまう。コンクリートの上に小屋を置けば、今よりもっと快適に過ごせると思うので……と言ってみた。実際、先日新しい毛布や新聞を敷いたのに、今日それらが濡れてしまっていたのだ。

学生たちは、寮長に話しておきますと言う。私は持参した新しい毛布を二人に渡し、取り換えてやってください、と言ってから、そのまま帰宅した。

余計なお世話だっただろうか……。とても気になる。やはりこれ以上、ゴンに深入りすべきではない。私は引いたほうが良い……。学生たちと話した時の彼らの態度、対応から、私はそう思った。

春が来た

四月初め、今は亡き愛犬ミミが無性に恋しく思われ、私はミミとよく訪れた松が谷の大塚公園へ車で行った。一緒に歩いたあの道、この道、そしてあのベンチ……。色々な思い出がよみがえり、ミミが恋しくて涙があふれ出てくる。涙はいくら拭っても止まらない。

ゴンに出会ってから、ここしばらく、ミミを思って泣くことはなかったのだけれど……。嗚咽をもらしながら、私はふらふら歩いていた。

向こうから犬を二匹連れた女性が歩いてくる。私は涙をぬぐい、近づいてきた女性に挨拶した。彼女は、二匹の犬のうち一匹は、ご主人が山へ行った時野良犬を数匹見つけ、一匹だけ保護して連れ帰り、リリーと名付け、今こうして家で飼っているのです、とおっしゃる。今はこんなにまるまると太っているが、最初は、がりがりに痩せていました。草しか食べていなかったのか、便がそれはきれいな草色をしていて本当に驚いたものです。あんな色の便は見たことがない。十日ほどしてご主人がまた山へ行き、もう一匹保護しようとしたが、犬たちは逃げてしまい、捕まえられなかった。ただ逃げた犬たちがあまりにも痩せていたので、まるまる太ったリリーと、たった十日ほどでこんなに違いが出てくるものかと驚いたとのこと。

その話に私は癒される思いがした。そのご主人だったら、また山へ行って、逃げた犬たちを保護してくださるかもしれない。

さっきまでの悲しい気持ちが薄らいでゆく……。同時に、私はゴンのことを思い出していた。ゴンもとても痩せていたから……。

でもゴンは、学生たちが面倒を見ている犬だ。私のように特別犬が好きな外部の人間が、もっとかまってやってほしいと願ったりするのは、お門違いというもの。

学生寮には三十数名の学生がいる。しかし彼らは、大学での勉強と水泳の練習とでとても忙しい筈だ。学生のうち誰かひとりの飼い犬ではないので、ゴンの面倒もついつい他人任せになってしまうことだってあるだろう。でもそれは致し方のないこと。少なくとも食べ物と水は与えられているのだから、心配する必要はない。

それなのに、私は以前、お弁当やチーズを持参した時、がつがつと飢えていたかのように食べていたゴン、とても痩せていたゴンの姿が目にちらついてしまうのだった。

ゴンとの再会

二〇〇一年十二月三十日。今日も寒い。五月に会ってから半年近く、私はゴンに会っていなかった。私自身、仕事や実家の母の入院などでとても多忙な日々を過ごしていたし、それより何より、学生たちに、迷惑な人間だ、と思われるのが怖かったのだ。でも、心の隅にはいつもゴンがいた。ゴンのことを忘れる筈などなかった。

ゴンは今、どうしているだろう。会いたい。そうだ。年末は、ほとんどの学生がそれぞれの実家へ帰省して寮にはいない筈だ。

私は会いに行った。ゴンの小屋は、草むらからコンクリートの上に移されていた！　嬉しかった！　学生たちは私の願いを聞き入れてくれたのだ！

半年も会っていなかったのに、ゴンは私を忘れていなかった。私を見ると小屋から出てきて大きく尻尾を振ってくれた。おしっこをまき散らし続ける。懐かしかった。ゴンも懐かしく思ってくれている、そんな気がした。思った通り、冬休みで、学生の姿は見当たらなかった。

私は用心のため、毛布や新聞紙を持参してきていた。小屋の中は、以前、私が取り換えた古いタオルが小さく噛みちぎられ、びしょびしょに濡れて、汚れきって、小屋の奥にあった。取り出すと、一部凍り付いている！　氷が張っているのだ。何ということ！　ゴン、君はこんなところで寝ていたの！

小屋のそばに、汚れた水が少し入った水入れ。そして食器。しかし食器の中には、汚れた水がたまり、かたい大きなおにぎりが一つ浮いているだけだった。今日学生たちがいないので本当に助かる。遠慮することなく、自由にゆっくり小屋の中を清掃できる。水を新しいものに換えた。そして、毛布や新聞と一緒に持参したお弁当を取り出した。

ゴン、ほら、今日はこんなにおいしいものをたくさん持ってきたよ。とんかつ弁当だよ。君の大好きなチーズもソーセージもあるよ。ガムもある。ピーマンはどう？　愛犬ミミが大好きだったピーマンは、ゴンはどうやらお気に召さないようだった。

夢中で食べているゴンを見ながら、つくづく今日来てよかったと思った。氷が張った小屋の中で寝ていたゴンを思って泣いてしまった。

冬休みの間、学生たちも、たまには何人かやってくるのかもしれない。ゴンに食べ物をやらないといけないのだから。

しかし今日、とても気になることがあった。ゴンがおしっこを漏らし続けるのである。

以前はこれほどまで、ではなかった。今日は最初からずうっとおしっこが止まらない。私に会って喜んでくれているのかと思ったのだが……。

小屋に敷いていた毛布やタオルが濡れているのは、小屋の割れ目から入ってくる雨だけでなく、ゴンのおしっこもその原因かもしれない。このままこういう状態でこの小屋で寝ていたら、本当に体を壊してしまう……。乾いたタオルで濡れているゴンの体を拭いてやりながら、どうしたらいいだろう……。出るのはため息ばかりだった。

夢中で食べているゴンを見ていて、私はゴンの首輪についているリードが真新しいものに取り換えられているのに気が付いた。以前はたしか、とても古くて汚いリードだった。

学生たちは、ゴンの小屋を陽の当たらない、しめった草むらからコンクリートの上に移してくれただけでなく、新しいリードまで買ってくれていた……。嬉しかった……。

とりあえず明日、十二月三十一日に、もう一度来ることにした。大晦日。今年最後の日である。この日くらいは、おいしいものをおなか一杯食べさせてやりたい。毛布やタオルも必要だろうし。

十二月三十一日。ゴンのために私は朝からいろいろ用意した。スーパーへ行き、カルビ弁当、チキンカツ弁当、チーズ、ガム三本、ビーフジャーキー、ミルク。カルビやチキンは小さく切って少し温め、ご飯と混ぜた。その中にゆでたキャベツも少し混ぜた。ミルクも温めた。ペット用のおむつのシートと、新聞紙、毛布とタオルも持参した。

ゴンの小屋の中は、昨日取り換えたばかりのタオル類が、原形をとどめないほど、小さくかみちぎられ、濡れて、小屋の中や外に散乱していた。ぐっしょり濡れた新聞紙が、小屋の中に残されていた。

ゴンは、私が取り出したお弁当を見てもう大喜び！　おしっこをまき散らしながら、ただ、がつがつと食べる！

私自身は肉類は鶏肉しか食べない。でもゴンは、カルビが相当気に入ったようだった。食べ終わるとたくさんウンチをした。私は小屋の中を洗って拭き、新しい新聞紙とペット用のシートを敷き、その上に暖かい毛布を二枚敷いた。ウンチを清掃したあと、尿で濡れた毛布は持ち帰り、ふろ場で洗った。しかし強烈なその匂いに、さすがに辟易してしまった。これから先ずっと、自宅で洗うことはきっと無理……。

今日は大晦日である。明日はお正月。今日こうしておいしいものを一杯食べてもらい、清潔な毛布の上で眠って新年を迎えてもらうことになり、本当に良かった。

しかし食べ物にしろ、尿と雨で毛布などが濡れたり凍り付いたりする小屋の問題にしろ、今後どうすれば良いだろう……。私がひとりで頑張っても限界があり、解決しない。何か、対策を練る必要がある……。

学生たちの冬休みとか夏休みのような長期の休みの間は、私ができるだけ頻繁にゴンの様子を見に来ることはできる。食事とか排便などの面倒も見る。

しかし普段は、本来の飼い主の学生たちに、もっと、ゴンに目を向けてもらおう。ゴンをもっと意識してもらおう。そのことを、学生たちに思い切って話してみよう。


年が明けて二〇〇二年一月五日、ゴンに会いに行った。大晦日、ゴンに会いに行った帰り際に、食器にたくさんドッグフードを入れておいたが、きれいに平らげていた。

小屋の中の毛布は二枚とも、やはり小さくかみちぎられ、濡れて小屋の中や外に散乱している。

私の住まい近くに私の妹が暮らしており、ゴンのために、彼女から古い布や毛布、ひざ掛けなどをたくさんもらっていた。そのうちの何枚かを持参した。

木製の「すのこ」も持参した。夜はとても冷えるので、学生寮の玄関内の広いコンクリートの土間に「すのこ」を置いてもらい、その上に毛布を敷けば、ゴンに少しでも寒さをしのいでもらえると思ったのだ。「すのこ」は私の家の押し入れの中で使っていたもので、ゴンが横たわれるサイズである。

犬小屋のそばで、持参した焼き肉弁当やソーセージをおいしそうに食べているゴンを見ながら、私が尿で濡れた毛布を足洗い場の水道で洗っていると、学生が二人出てきた。

二人はとても驚いたようだった。でも、有難うございます、すみませんと感謝してくれるではないか！　その時また、もう二人学生が出てきた。一人は、小雨がぱらつき始めたので、すぐ傘を取りに行ってくれ、洗っている私に差し掛けてくれたし、別の学生は、食事を終えたゴンを散歩に連れて行ってくれたし、犬小屋の周りを清掃する私に、ほうきを持ってきましょうかと声をかけてくれる学生もいて……。

事情を話すと、快く納得して「すのこ」を玄関内に置いてくれた。そしてその上に、私が持参した毛布を二枚敷いてくれた。

すべて思いがけないことだった。四人全員が、私の予想にまったく反して、私に感謝し、親切にしてくれたのである。

ゴンとの最初の出会いが強烈だったので、私はずっとゴンのことを日記につけていた。

この日の夜、昼間の学生たちの優しい気持ちに深く感動した私は、彼らのことをくわしく書き記した。

ゴンへのプレゼント

学生たちが、私のことを、いやな奴だと思っているわけではない、と確信したので、私は以前から頭にあったあることを実行に移すことにした。学生たちに手紙を書いた。日記の中に、その写しを保存していた。

二〇〇二年一月十五日
法政大学水泳部寮長及び寮生の皆様へ

新年おめでとうございます。

今日は、皆さんが可愛がっていらっしゃるゴン君のことでお便りします。

ゴン君には、一年前に散歩中、たまたま皆さんの寮の前を通りかかった時、初めて出会いました。私は動物、とくに犬が大好きなものですから、時折、寮の近くを歩いたりする時に、ゴン君に話しかけたりしておりました。

昨年五月、寮長さんにお会いしました。差し出がましいとは知りつつ、改めてゴン君の犬小屋を、草むらからコンクリートのほうへ移してほしいとお願いしました。ゴン君にはどうやら尿が漏れる持病があるらしくて、草の上ですと、湿気や日光不足でますます体調を崩していくかもしれないと心配したからです。寮長さんはとても気持ちよく応対してくださいました。

皆さんが皆さんのやり方でゴン君を可愛がっていらっしゃるのに、はたからとやかく、それ以上干渉したくありません。寮長さんを信じて、それからずっとゴン君のところへ会いに行きませんでした。

次に会ったのは昨年十二月三十日です。七か月ぶりでした。ゴン君は寒そうに小屋の中でまるくなっていましたが、寮長さんは犬小屋をコンクリートのところへ移動してくださっており、その上、新しい長いリードも買ってくださっているので、本当に嬉しく思いました。

ところが、ゴン君が小屋から出てきた時、中に敷かれている毛布が目に入り、ちょっと見ただけでは分からなかったのですが、よく見ると、その毛布が尿や雨水などで、ぐっしょり濡れてしまっているのが分かったのです。取り出すと何と氷さえ張っていたのです。

ゴン君は、そのずぶずぶに濡れた、一部氷の、冷たい毛布の上で寝ていたわけで、これでは体を壊してしまいますから、私はすぐその毛布を取り出して小屋の中を洗い、帰宅して、新しい敷物などを用意しました。寮生の皆さんは冬休みでご不在のようでした。

犬小屋は、底に汚水がたまっていました。尿がときどき漏れるのと、小屋自体、雨が入り込むようですので、その両方だと思います。ただこの小屋はゴン君には小さすぎます。

差し出がましいのですが、ゴン君に新しい犬小屋をプレゼントさせてくださいね。ごく近いうちに、「三星梱田店」から水泳部宛に配送されます。組み立て式ですが、三、四人で取り掛かれば、三十分くらいで完成すると思います。

かなり大きなサイズですが、これより小さいものはぐっと、小さくなってしまいますし、ゴン君の場合、尿その他で汚れやすいので、このくらいの大きさがあったほうが良いように思えます。木製で、小屋の底の板は取り外しができるようになっている筈ですので、洗うこともできて、ゴン君もかなり快適に暮らせるのではないかと思っています。

ただ冬の間は、夜は小屋でなく玄関の内側で眠らせてやってください。冷えるのが、ゴン君の持病には一番よくないと思いますので。

今年、お正月が明けてゴン君に会いに行った時、私の手伝いをいろいろしてくださった寮生の方（雨が降ると傘まで差し掛けてくれました！）、また、私の干渉を嫌がらずに、まじめに聞いてくださった寮長さん、本当に本当に有難うございました。

寮生全員の皆様の幸多き輝かしい未来を心からお祈りいたします。

動物大好きな一人間より

ゴンのおうち、緑色の三角屋根のカナディアン・ログハウス

新しい犬小屋は、もう届いていることだろう。でも学業と水泳の練習でとても多忙な学生たちが、既に組み立ててくれているかどうかはわからない。とても気になりながら、私は見にゆく勇気がなかなか出なかった。もし、まだゴンがあの古い小さな犬小屋の中にいたら……。それを目にするのは悲しすぎるし、それに学生たちがその場にいたら、何と言えばよいかわからない。犬小屋はもう配送されていますか、などと言って、彼らをせかすのは絶対に嫌だった。

結局、勇気を振り絞ってゴンに会いに行ったのは、三月に入ってからだった。徒歩で行った。学生寮に近づいた時、草や木々の間から、何かきれいな緑色が見え隠れする！　胸がドキドキした。走って学生寮へ行った。

このログハウスは、カタログを見て購入した。完成品を見ていない。大きさ

はわかっていたし、屋根が三角で緑色だ、ということも知っていた。
でも、こんなに大きくて、こんなにカッコいいログハウスだとは！
私の想像をはるかに超えて、ただ素晴らしかった。

ゴンがいた。新しい自分の家の中にゆったり座り、中から外を見ていた。私を見るとすぐ出てきた。大きく尻尾を振る。少し尿を漏らす。そして私に飛びつこうとした！

あらあら、こんな風に愛情を示してくれるなんて初めてだよ、ゴン！ 嬉しかった。まさかこの素敵な新居をプレゼントしたのが、この私だということをわかっているからでもあるまいに！

戸口には表札まで！「ぐおーん」と書かれている！「ゴン」はニックネームで、本名は、「ぐおーん」ということらしい。私は感動した。本当に嬉しかった。学生たちはきっと配送されてから日を置かずに、組み立ててくれていたのだろう。そんな気がした。学生たちへの感謝の気持ちで胸がいっぱいになった。

私は、うな重弁当と、ゴンが大好きなチーズを持参していた。いつものように、がつがつ食べる。ハウスのそばに食器が置かれていたが、中は空っぽだった。でもきれいな水がいっぱい入っていたし、私は、学生たちが、ゴンにしっかり目を向けてくれている、と強く感じた。

ハウスの中の布類は、やはり小さくかみちぎられている。ただそんなに濡れていない。前の小屋と違って、外から雨が降り込まないし、ゴンの尿で少し湿っているのだろう……。

ゴンは多分、これで大丈夫だろう……。これまでのように、冬の季節、寒さに打ち震えながら、小屋の中でただ我慢するしかなかった日々ともおさらばだ。ゴンは、学生たちがいろいろ自分の面倒を見てくれていることを分かっている。学生たちの自分への愛情を、日々、感じ取っているに違いない、そう思った。

私とゴンの最初の出会いから一年三か月、ゴンは、まったく別の穏やかな犬になり、私の前にいた。

ゴン、ごめんなさい、ごめんなさい。
気が付かなかったの。本当にごめん、ごめんね、ごめんね

私は、ログハウスの中で、座って外を見ているゴンや、ハウスの中でのびのびと眠っているゴンの姿を見たくて、散歩に出てもついつい学生寮のほうへ足が向いてしまうのだった。いつまで見ていても飽きない。学生たちに会わないように用心しながら、毎日通った。

その日、ログハウスの中から出てきたゴンにチーズを与えたあと、頭をなでながら、ふと、ゴンの首輪に手がいった。瞬間、ドキッとした。自分の心臓が早鐘を打ち始めたのがわかった。この瞬間の私の気持ちを、どう言い表したらよいだろう。ゴン、ゴン、大きな声で呼びながら、自分が今すぐ、一刻も早く何をすべきか、そのことで頭はいっぱいだった。

ゴンの首輪が、ゴンの首輪が、ゴンの首にしっかり食い込み、ゴンの首を思

ゴン、ごめんなさい、ごめんなさい。

いっきり、きつく絞めあげていたのだ。

すぐ首輪をゆるめようとした。ところが首輪の穴に差し込まれている留金具のバックルのピンが、錆びついた状態で穴にくっついてしまっており、私ひとりの力では、穴から抜くことなど到底できない。首輪が相当古いものだということは知っていた。以前新しいリードに変えてもらっていたが、その時学生たちは、首輪がゴンの首を絞めあげていることに気が付かなかったのだろうか。気が付いていたら、すぐゆるめていたはずだ。

よくこれで窒息しなかったものだ。昼も夜も楽に息をすることなどできなかったに違いない。この状態だと、首の皮膚も、おそらく、傷ついて痛みがあることだろう。早く、早くゆるめなければ。私はあせった。あせりまくった。でも運悪く、学生がいない。玄関から呼んでみたが誰も出てこない。

その日は車で来ていたので、私は直ちに妹の家へ直行。事情をごく簡単に説明し、ペンチを持って二人でゴンのところへ戻った。妹に、ゴンの頭を動かないように押さえてもらい、私がペンチで、錆びついたバックルのピンを穴から抜こうとした。しかし錆びつきが激しくて、びくともしない。ゴンは、じっとおとなしく私たちにすべてを任せきっている。妹とは初対面だというのに、全然警戒しない。

悪戦苦闘そのものだった。二十分以上はゆうにかかった。途中、妹に代わってもらって私がゴンの頭を押さえ、もうすぐ楽になるからね、もうすぐだからね、とゴンに話しかけ続けた。

やっとのことでバックルのピンが外れた！　首輪がゆるんだその瞬間、ゴンがどんなに大きな深呼吸をしたか、長い間苦しみ続けてきた首の痛みから解放されたその瞬間、その時のゴンの気持ちは察するに余りある。

ゴンが大きな深呼吸をしたその時、私自身も大息をついたのだった。

私も妹も、額に汗をかいていた。ハアハア言いながら、どんなにほっとしたことだろう。すぐゴンの首を調べた。触ると痛いのだろう、嫌がったが、特に目立つ傷はなかった。本当に安心した。

それにしても、二十分以上も頭を押さえられたまま、じっとしていたゴン！

一生懸命、必死になって励まし続けながら首輪をゆるめようとしている私を信頼し、私の言葉を理解し、私にすべてをゆだねてじっと耐えてくれた。自分

ゴン、ごめんなさい、ごめんなさい。

が今、何をされているのかはっきり悟っていた。初対面の妹にさえ従順だった。

　首がどんなに苦しく痛くても、そのことを訴えるすべもなく、この日、この時まで、ただただ我慢するしかなかったのかと思うと、私はゴンがふびんで、いとおしくてならなかった。毛布や新聞、何でもあんなに小さく噛みちぎっていたのは、首が絞め付けられているその苦しみから、少しでも逃れようとするゴンの抵抗だったのかもしれない……。

　学生だけではない。私自身、いつもゴンの頭や背中をなでていたのに、どうして首輪の絞め付けに気が付かなかったのだろう……。私は自分を責める気持ちでいっぱいだった。

　更に、私が良かれと思ってゴンに、毎日ではないにしても、いろいろ栄養価の高い食べ物を与えていたという事実。ゴンは以前とても痩せていたが、最近はそれほど痩せていない。体全体、少し肉付きが良くなっている。ということは、ゴンの首が、ますます絞められていったその原因が、私が与えた食べ物にもあったのだ……。そう思うと……、いたたまれない気持ちが胸いっぱいに広がっていった……。

ゴンは疲れたのだろう。ハウスの中へ入って横になった。じっとしている。私は悲しくて悲しくて、ゴンに、心から詫びた。気が付かなかったことを、心から詫びた。

翌日、ゴンの調子が気になり会いに行った。ゴンはハウスの中から外を見ていた。私を見るとすぐ出てきた。尻尾を振ってくれた。おしっこをまき散らす。首を調べた。目立つ異常はない。ほっとした。食べ物は何も持参しなかった。あれだけ首が絞めつけられていたのだ。のどだって、外から見ただけではわからないが、物を食べる時、少し痛むのではないだろうか。食器の中は空っぽだった。学生たちがドッグフードを与えるかもしれない。でも今日は水だけが良いのだが……。

翌日、翌々日と続けて様子を見に行った。少し温めた牛乳を持って行った。そのうちもう大丈夫と思ったら、以前のように美味しいものを持ってきてあげよう。ゴンが、私が持参した色んな美味しい物を喜んで食べている様子をかたわらでまた、早く見たい。ゴン、早くすっかり元気になろうね。

それにしても、絶えずおしっこをまき散らすのが……気になる……。

ゴン、ごめんなさい、ごめんなさい。

二か月経って

私は多忙な日が続き、ゴンにしばらく会えなかった。六月に入った。ハムとチーズを持参した。ゴンは私を見ると、もう嬉しくて嬉しくて、といった感じ。尻尾を大きく振って歓迎してくれるのはいいが、相変わらずおしっこを漏らし続ける……。

この春からの新入生だろうか、見たことのない学生が二人出てきた。ゴンは右の後ろ足に異常が見つかり、昨日、医者に連れて行ったのだと言う。医者に、ゴンは推定十四歳で、全体の感じからあまり長生きはしないだろうと言われたと言う。足のほうは異常はなく、大丈夫だったとのことで、ほっとした。

あまり長生きはできない……

ゴンの正確な年齢はわからない。学生たちが、近隣をうろついていた野良犬のゴンを保護して、自分たちの寮で飼い始めたのだと、以前、学生が話してくれたことを思い出す。

ゴンは、私に出会うまで、おそらく、いえ、きっと、大好きな焼き肉や、牛カルビや、チーズや、その他いろんな美味しい食べ物には縁がなかった筈だ。老犬のゴンよ、あまり長く生きないのであれば、悲しいけれど、これからも時々、ご馳走を持ってきてあげるからね。

八月初め、ゴンに会いに行った。ヒレカツ弁当持参。ゴンは大喜び。夢中で食べる。毛が生え変わったのか全体が黒っぽくなっている。少し痩せたような……。おしっこは、やはり止まらない。

十月初め、チキン弁当、チーズと老犬用の柔らかいガムを持参。今日は尿の漏れ方がいつもより少ない。このまま良くなっていってくれるのだろうか？……。いやいや、安心はできない。これからいよいよ寒い季節に向かうのだ。

十月末、ゴンは玄関内に入れてもらっていた。寒い日が続いているからだろう。ハウスの中を見ると、薄い布が一枚、やはり尿で濡れてしまった状態。取り出して、洗濯のため、家へ持ち帰った。

十一月初め、毛布といろいろ食べ物を持参。ハウスの中は、底に乾いたダンボールが敷かれていた。きれいな水とドッグフード。学生たちはゴンの面倒をちゃんと見てくれている。

十一月中旬、今夜から相当冷えるという予報のため、毛布、ひざ掛け、長い座布団を持参。ゴンがいない。玄関内にもいない。学生二人がログハウスの中を掃除機をかけて掃除している。不安に思っていると、学生が一人出てきた。ゴンは今散歩に行っています、と言う。新入生が当番制で散歩に連れてゆくのだそうだ。夜は玄関内に入れています、と言う。

私がゴンの尿漏れのことを話すと、ゴンは膀胱炎で治療にお金がかかるのでと言う。いくらかでも一部私に負担させてください、と言ったら、いえいえ、大丈夫です、医者が、ゴンは老犬なので、あまり薬は与えないほうが良い、と言いましたから、と言う。

取りあえず、私は持参したチーズハンバーガー、フィレオフィッシュバーガーを渡し、散歩から帰ってきたらやってください、持参した毛布、長い座布団は、すのこの上に敷いて、今夜は冷えるので玄関内で眠らせてやってくださいと言って、そのまま帰宅した。

十一月二十九日、ゴンを訪問。すのこの上に、前回持参した敷物を敷いてもらっている。ソーセージ、ハム、チーズ。私の手から少しずつ嬉しそうに食べる。今日は玄関内でなく、ログハウスの中で寝そべっていた。小春日和で暖かい。

十二月に入った。今日は六日。寒い日は玄関内。暖かければ外のログハウス。散歩には連れて行ってもらい、いつ行ってもきれいな水。時々私がご馳走を持って訪れる。

最近、毛布や布が小さく噛みちぎられることが全くなくなった。これは嬉しい。首の痛みがもうないのだ。ただ濡れてしまっている……。尿の問題さえなければ、ゴンはとても平穏な日々を過ごせるのだが……。

尿で濡れた布や毛布を持ち帰って洗濯した。今日は金曜日。日曜日からまた寒くなるという予報。私の古いセーターや、古いクッションなどを持って、再びゴンのところへ。すのこの上に置いておいた。

十二月十二日。正午過ぎゴンのところへ。柔らかいガム、チーズその他を持参した。案じていた通り、先週持参した衣類とクッションがびしょびしょに濡れている。持ち帰り、クッションは捨て、セーターなどは洗濯。家で洗うのは大変なのだが、学生寮の足洗い場で洗うのは、あてつけがましいようで、できない。

古い大きな毛布を取りだし、小さく切った。またすぐゴンのところへ。学生が一人出てきて、いつもすみません、と言ってくれた。ゴンは二週間に一回、シャンプーをしているのだと言う。嬉しい。

十二月二十日。ゴンのところへ。以前持参した毛布や衣類が、洗濯され、ハウスの屋根や足洗い場の周辺に干されている。とても驚いた！　すのこの上にはダンボール、その上に乾いた毛布が敷かれている！　毛布の端には毛布がずれないようにレンガが置かれている！　学生の中の誰かが気を遣ってくれているのだろう。ものすごく嬉しかった。

学生が一人出てきて、ゴンは先週、血尿が出て病院へ連れて行った。腎臓が悪いのです、と言う。私は先週、ハムとチーズを食べさせたので、不安になった。学生は、それが原因ではありません。注射と抗生物質で、もう治りました、と言う。でも何だか食べ物のことは気になる……。体に良くないものは絶対に避けなければならないのだが……。

十二月二十三日。田舎の実家の母が亡くなった。急なことだった。享年九十五。元気で、亡くなる直前まで、一切、人の手を煩わすことなく、自分のことは何でも自分でできる人だった。彼女の年齢のことを考えれば、この日がいずれは、やってくるだろう、と私自身覚悟のようなものはあった筈なのに、漠然としている。

寂しさとか、悲しみの気持ちが心に湧いてこないのだ……どうして?……。私は母が大好きだったのに……。あの元気な母がもういない、という実感が全然ないのだ。

もし私が母と一緒に暮らしていたとしたら、こうはいかないだろう。いつもそばにいる人が、突然、目の前からいなくなるのだ。それこそ、心にぽっかりと大きな穴が開いたような気持ちになることだろう。それは容易に察しがつく。

母と私の永遠の別れには、物理的な距離があった。だから悲しくないのか?

……。

ゴンはいつまで生きてくれるだろう……。ゴンがいなくなったら、私はどんな気持ちになるだろうか？……。今あるのは、そのことを考えたくない、と言う拒否反応だけ。

新年二〇〇三年を迎えた

母のことがあり、田舎へ帰っていたので、ゴンにはしばらく会えなかった。

一月五日。午後四時ごろ、お弁当と、取り換え用の毛布を持って会いに行った。ログハウスの中の毛布は思った通り濡れてしまっていた。美味しそうに食べるゴン。おしっこが、やはり止まらない……。

そんなゴンを見ながら、私は、もうあまり長くは生きない、と獣医に宣告されているこの犬のことを思った。母を失ったばかりだ。ゴンまで失いたくない。ゴンには、一日でも長く、生きてほしい。

頻尿という持病で、体が苦しい時もあることだろう。ゴンは何も言ってくれないけれど、痛みだってあると思う。ゴンに、せめて、いつかやってくる最後のその日まで、体調が少しでも改善され、安らかで幸せな日々を過ごしてほしい……。

一月十一日。焼き肉弁当とチーズ、柔らかいガム、毛布を持ってゴンに会いに行った。尿で濡れた毛布を、持参した毛布と取り換えた。帰宅して汚れた毛布を洗濯。

私は決意した。とても勇気のいる決意。学生たちに手紙を書く

二〇〇三年一月十八日
法政大学水泳部寮長及び寮生の皆様へ

昨年一月、ちょうど一年前、ゴン君のことで皆様へお手紙を書きました。今日はもう一度、これは最後になると思いますが、皆様へ是非ともお願いしたいことがありますので、このお手紙をしたためています。

皆様の中には、なぜ、寮に関係のない外部の人間が、ゴン君のことで時々やって来たり、このような手紙を書いたりするのか理解できない方もおられることと思います。

昨年一月の私の手紙以降、ゴン君に贈ったドッグハウスもきちんと組み立ててくださり、皆様が、ゴン君を以前にも増して大切にしてくださって

いることがよく分かりましたので、私は、もう何の心配をすることもなく、たまに散歩で近くを通りかかった時だけ、ゴン君に挨拶をしたりしておりました。

しかし十一月に入った頃から、気になることが出てきたのです。寒くなったので、ゴン君は玄関の中に入れてもらっており、最初私は、それをとても嬉しく思っていたのですが、すのこ板の上に敷かれた布が汚れて濡れてしまっているのが気になり始めました。ゴン君は、ずっと以前から、けっこう重い病気を抱えているからです。

ゴン君は、貴方がたの寮で、戸外の、湿気の非常に多い場所に置かれた、汚れきった布が、たまに敷かれただけの小さな犬小屋の中で、長年、凍えるような寒い冬を耐え忍んできた結果、体を壊したものと推測しています。

昨年、意を決して貴方がたにお便りをするまでに、私は何度もそういった状態を目の当たりにして心を痛めていたのです。お便りをすることには非常に大きな決意が必要でした。貴方方は十分、ゴン君を可愛がっていらっしゃるようでしたし、ゴン君は自分の体の状態を「人間の言葉」で訴えることも出来ませんから、貴方方は全く気が付かれなかったのだと思います。大学生の皆様に、余計な干渉は絶対にしたくありませんでした。

昨年十二月に入ってから、私は平均して五日か六日おきにゴン君に会いに行っています。毎回、暖かい毛布を持参し、汚れたものは持ち帰り、洗濯しては、又持参する、ということを繰り返しています。

私がおこなっていることは、不自然なのです。本来ならば、寮生の貴方方にお任せすべきことなのです。しかし濡れてびしょびしょの汚れた毛布の上に、小さくなって眠っているゴン君を見るたびに、そちらへ行くことをやめられませんでした。

時折、毛布を洗濯して干して下さっていたり、ダンボールを敷いたりして下さっていましたので、どなたか気にかけて下さっている方がおられるのでしょう。

私はこれまで何人かの寮生の方にお目にかかり、お話ししましたが、どの方も大変立派な方ばかりでした。「法政大学の学生」について再認識した思いでした。皆さんはその上、スポーツをやっておられるから、余計に素敵なのでしょう。

結局、私が出した結論は、ゴン君を、貴方方は精一杯、貴方方なりに大切にしていらっしゃるけれども、大部分の寮生の方が、一つだけ、気が付いていらっしゃらないことがあり、それをお知らせしなければいけない、ということです。

ゴン君は重い病気を抱えています。そして彼の体の苦しみを少しでも和らげ、病状を改善するための、大切な大きな方法は「保温」です。少々毛布が汚れていても、冬の夜を、建物の内部で過ごしさえすれば、ゴン君はとても楽なのですが、問題は、彼の病気から来る頻尿です。そのためにいくら新しい毛布と取り換えても、二、三日で濡れてしまうのです。そして濡れた毛布などの上で眠るので、ますます病状は悪化するのです。当然、獣医に診てもらう回数は増えていく、という悪循環の繰り返しになるわけです。

ゴン君は、私が言うまでもなく、貴方方と同じ寮生の一員です。貴方方の中には、動物が嫌いな人もおられるだろうし、犬は苦手という人も必ずやおられることでしょう。

しかし、動物の中でも、犬は、盲導犬、介助犬、災害救助犬などとして、世界中で私たち人間を助けてくれています。病気を患っている犬がいたら、出来るだけのことをして助けてあげようではありませんか。

人と犬は生命体として異なり、同じ言葉を話す訳でなく、外見その他においても、決定的な違いは多々ありますが、人と同様、他者からの思いやりや愛情を十分理解する能力や、豊かな感情は備えていると私は確信しています。

もう若くないゴン君の最晩年を、少しでも楽なものにしてあげて下さい。これが私の心からのお願いです。皆さんで話し合って、寮則を作られたらどうでしょう。

毛布など敷物は、濡れるたびに洗濯となると大変でしょうから、二、三日おきに干して乾燥させるようにすれば、洗濯回数を減らすことが出来ると思います。

二人一組くらいで世話をすれば、洗濯などもずっと楽にできると思います。しかし汚れてしまったら、洗濯して下さい。

ドッグハウスやすのこなどの周辺を、出来るだけ清潔に保つようにして下さい。

夜寝る前、外でトイレをさせて、夜中に毛布の上でおしっこをしないようにすることも、毛布類がすぐ濡れないようにする大きな一方法であると考えています。

散歩や食事、きれいな飲料水など、こういったことは全く心配しておりません。皆さんがきちんとやって下さっていますし、何にも注文はありません。濡れた敷物のことだけが唯一、気になることです。

貴方方に随分可愛がられ、私という外部の人間も干渉したりして、沢山の人の注目を集め、ゴン君は、彼なりに何か徳を持って生まれてきたのかもしれないないなあと思ったりしています。

今日のこのお便りをもって、私は貴方方への干渉に終止符を打ちたいと思います。今後は時たま、散歩で近くを通りかかった時にゴン君に挨拶出来たらいいいなと思っています。

若い貴方方も、現在のような大変厳しい世界情勢の中で社会に出てゆくのは、大変だとは思いますが、それでも未来への可能性は無限に開かれていると確信しています。

私自身、ゴン君のおかげで、寮生の皆さんを知り、若い人達に対し、少し明るい展望が持て始めたように感じています。本当に有難う。

皆様のご多幸を心よりお祈りしております。

敬具

学生賛歌

学生たちへの手紙を書いて渡したことで、私はやっと、大きな心配から解放された思いがした。肩の荷が下りた。心底、ほっとした。しかし、学生たちは私の手紙を理解してくれるだろうか？　……。自信はない。

手紙には、今後はたまに散歩で通りかかった時にゴンに挨拶しますと記したが、実際は、二、三日おきに会いに行った。美味しい食べ物を食べさせたい。それだけが目的だった。

幸い、学生たちと遭遇することもなく、その都度、喜んで美味しそうに食べるゴンを見ながら、私はゴンと楽しいひとときを過ごしていた。

気のせいか、おしっこの量が少なくなったかも?……。

二月と三月、私は自分の仕事で、予想をはるかに超えて多忙な日々を過ごすことになった。英語塾を開いており、いつも夕方から夜にかけては忙しいのだが、今春は思いがけず新しい生徒がたくさん入塾し、その準備で多忙を極め、ゴンに会いに行く時間がほとんど、なくなってしまったのだ。

とても気になりながら、やっと、チキンカツ弁当やチーズ、ガムなど、いっぱい食べ物を持ってゴンのもとへ行ったのは、四月に入ってからだった。

目に入ったのは、私が以前持参した古い毛布やタオルが何枚もロープにかけられ、干されている光景！　そしてゴンのハウスの横に置かれた洗濯機！

学生が一人出てきた。彼は、ゴン専用に中古の自動洗濯機を買ったのです、と言った！　そして、夜は必ず外へ連れて行きトイレを済ませている。そのせいか、尿漏れが少なくなり、毛布などもあまり濡れなくなった。ニコニコと笑顔で報告してくれる……。この優しい人柄の学生は、ゴンは、昼間はハウスの中で、暖かい毛布にくるまれて過ごしているが、夜は、四月はまだ寒いので玄関の中に入れていいます、とも言ってくれた。

私は、あの手紙は、お節介で余計な干渉だ、と受け止められて、学生たちに嫌われることになっても仕方がない、と覚悟していた。それなのに、学生たちは私の気持ちをまっすぐに理解し、受け入れ、すぐ実行に移してくれたのだ！

本来の学業だけでなく、水泳部の部員として、大会のための練習などで連日多忙な日々を過ごしているに違いない彼ら。それなのに、外部の人間の私の願いを、それも犬のことなのに、ただ素直に聞いてくれた……。頭が下がる思いだった。

どうか今のその純粋で優しい清らかな心を、いつまでも失わないでください。いつまでも。心からそう祈った。

ゴンのまなざし

私は塾の仕事がますます忙しくなった。グループの仕事以外に、個人レッスンも頼まれ、引き受けたので、気持ちにゆとりを持ってゴンに会いに行くのは、一週間に一度がやっと、となってしまった。

洗濯機の件で、毛布類を持ち帰って私が家で洗濯する必要がなくなったこと、前回ゴンがとても元気そうだったので、安心していた。

とは言え、ゴンに一週間も会わないでいると気になって仕方がない。レッスンの合間に、ただの十五分でも空いたら、お弁当を持って訪れるようにしていた。

八月三日。日曜日。今日は午後、ゴンのためにたっぷり時間が取れる。うなぎ弁当を持参した。チーズとガムも。

ゴンはハウスの中で横になり眠っていた。ハウスは大きいが、それでもゴンが伸び伸びと横になると、ぎりぎりである。私はゴンの寝顔をじっと見た。口の周りがぴくぴくしている。夢でも見ているのだろうか。なかなか目を覚まさない。以前はこんなことはなかった。たとえ寝ていても、私がそっとそばに立つだけで、気配を感じるのか、すぐ目を覚ましたものだ。

ゴンは年を取った……。少し感慨深い気持ちになったその時だった。ゴンが目を覚ました。そして私に気付いた。その瞬間だった。ゴンは今まで一度も私に見せたことのない、何とも言えない優しいまなざしになって私を見上げてくれたのである！

ああ、このまなざし！　この目！

私は感動のあまり胸が熱くなり、ハウスから出てきて大きく尻尾を振るゴンの首を思わず抱きしめ泣いてしまった。

最初に出会ったあの時、敵意むき出しの、険悪そのものといった恐ろしい目で私を威嚇したあのゴンは今どこに？……。ゴンは今、こんなに優しいまなざしで私を見てくれている！

持参したお弁当をあげた。喜んで喜んで、美味しそうに食べる。食欲は十分ある。

でも、食事が終わったゴンを優しくなでていて、私はゴンが、少し痩せたことに気付いた。首輪もゆるくなっている……。ゴン、君、体は大丈夫?……。

私は仕事を何とかやりくりして、出来るだけゴンに会いに来ることにした。美味しいものを持って。痩せたのがどうも気になる……。

今年は六月、七月と毎日、梅雨のような日が続いた。

八月に入り、やっと梅雨明け、途端に猛暑。

八月五日。火曜日。レッスンが始まる前、あまり時間は取れなかったが、ゴンに会いに行った。ローストビーフを奮発した。午後遅い時間だった。ゴンはまたハウスの中で横になって眠っている。起こすのは可哀そうだと思って食器の中にローストビーフを入れ、帰ろうとしたら、学生が一人スクーターで帰ってきた。初めて会う学生だった。でも彼は私を知っていると言う。私は覚えていないが、この青年もニコニコと感じが良い。少し立ち話をした。

水泳部の寮に隣接してラグビー部の学生寮があり、そこで飼われていたプリンちゃんという丸々とよく太った老犬が、車の事故で死亡し、学生たちがみんなでお焼香に行ったとのことだった。

私もその犬のことは覚えている。リードもつけず、よたよたと、よくこのあたりを歩いていた。ただ最近ほとんど見かけなくなっていた……。

私たちが話をしていると、ゴンが起き出してきた。私は小声で話していたのだけれど……。食器の中のローストビーフを目ざとく見つけ、美味しそうに食べ始めた。ゴンが食べ終わるまでそばにいたかったけれど、時間がなく、ヒグラシの鳴き声に包まれて帰宅した。

八月は中ごろお盆休みがあり、私は塾の仕事から解放されて、まとまった休みが取れる。

学生たちも夏休みのはずで、寮はガランとすることだろう。ゴンにゆっくり会いたい。このところ仕事の合間に来ることが多く、十分かまってやれなかった。

しかし、お盆休みのこの時期は、亡くなった母の初盆と重なる。やることがいろいろあり、ゴンのためだけに休みを全部使うことはできないものの、それでも私は、久しぶりにゴンと楽しい時間をたっぷり共有できる。

八月十五日、十六日、この二日間はゴンのためだけに費やした。

ソーセージ、カルビ弁当、チーズ、ガム、その他、二日ともゴンの大好きな食べ物を沢山持って会いに行った。

行くとハウスの中で横になり眠っていた。最近はいつもこうして眠っている……。痩せている……。

でもお弁当は、とても喜んで全部きれいに平らげてくれたし、もし体の具合が悪かったら、こんなに食欲はないだろう……と思うのだが?……。

きれいなお水に換え、トイレの始末をしていて、ふと、私は、ゴンのおしっこがあまり出ていないことに気が付いた。以前は、私を見ると喜んで尻尾を大きく振り、そのたびに、おしっこをまき散らしていたゴンだったが……。

学生たちもいない。時間を気にする必要もない。私は本当にのんびりと、ゴンのそばに座って、痩せたゴンに色々話しかけたり、頭や背中をいつまでも撫でていたりした。

こんな風に、だれにも邪魔されず、ゴンと安らいだ気持ちで過ごしたのは、思えば、この時が初めてだった。

多忙な秋

九月に入った。と同時に、私は十一月中旬まで、想定していた以上に、超多忙な日々を送ることになった。塾の仕事は、土曜、日曜も休日返上で指導に当たらなければならない。

しかも九月に入ってからとても暑い残暑が続き、私は毎日疲れ気味だった。ゴンのことは気になって仕方がなかったけれど、九月に会いに行ったのは一回のみだった。

十月四日、土曜日。この日は珍しく午前中でレッスンが終わった。すぐ焼き肉弁当とガム、チーズを用意してゴンのもとへ。

ゴンはハウスの中で眠り込んでいた。ゴン、小さな声で呼んだが、目を覚まさない。もう一度、大きな声で呼ぶと目を覚ました。ハウスから出てきて尻尾を振ってくれる。

しかしゴンを見た瞬間、私はぎょっとした。


痩せこけてしまっているではないか！


尻尾は振っているものの、まったく元気がない。顔つきも、とにかく、生気というものがない。毛につやがない。八月に会った時のゴンと何という変わりようだ。九月に会った時もこんな感じではなかった。

食器の中は空っぽだった。すぐ持参したお弁当を中へ入れた。しかしちょっと匂いを嗅いだだけで食べない。チーズも食べない。水が汚かったので、新しい水に換えて口元へ運んだ。でも飲まない。

私はあわてた。今日は午後レッスンがない。助かる。車で来ていたのですぐ家に帰った。

ささみを二本、ごく薄いスープで味付けし、ミルクを温め、キャベツを柔らかくゆでて、またすぐ車でゴンのところへ。ゴンはハウスの中で再び横たわり、目をつぶっている……。私が食べ物を食器の中へ入れると、ゴンはハウスから出てきて、まるで飢えていたかのように、ささみをむさぼり食べ、ミルクを飲み干し、キャベツも全部平らげた。

空腹だったのだ。でもなぜ焼き肉やチーズは見向きもしないのか。大好物だったのに。

体が受け付けないのはどうして？　そしてなぜこんなに急激に痩せてしまったのだ？……。

翌日は日曜日だった。昨日と同じくレッスンは午前中だけだったので、私はミルクを温め、ささみとキャベツをゆでて、またゴンのところへ行った。

昨日も今日も学生たちには出会わなかった。彼らも多分、水泳大会などがあったりして忙しいのだと思った。

ゴンは昨日同様、全部平らげてくれた。食べ終わってからも、食器をなめまわしている。表情も歩き方も、昨日よりたしかに元気を取り戻している。見てすぐわかる。ほっと胸をなでおろした。

ゴン、一日でも長く生きるんだよ。食器の中にドッグフードをいっぱい入れて帰宅した。

十二月八日は田舎の実家で母の法事があり、私は帰省することにしていた。塾の仕事も、それまでに生徒たちの学校の大きな試験が終わり、何とか落ち着く予定だった。

そしてその日まで少しでも空いた時間があれば、ゴンのところへ様子を見に行く。温めたミルク、焼き肉など、いつもの食べ物も持って行く。それらをちゃんと食べてくれたら多分大丈夫。

すべて計画通りに進んでくれたら問題なかった。それなのに、とんでもないことが起きた。私がぎっくり腰になってしまったのである。

塾の大きな仕事が無事に終わり、ほっとして気がゆるんだのだろう。新幹線の切符も購入していたのに、田舎へ帰るどころではなくなった。

今年は春以降、確かに多忙すぎた。無理がたたった。体を酷使しすぎたと自分でも思う。腰の痛みが激しくて、身動きできない。車にも勿論乗れない。

しかし、気になるのはゴンのことである。十月初めに会った時、あんなにまで痩せていた。今、食欲はどうなっているだろう。すごく気になる。

塾の仕事も一時休まなければならなくなった……。

ゴンのこと、塾の生徒たちのこと……。頭の中はその二つのことで占められ、気が休まるひまもない。私は一日も早く回復することを願い、ひたすら休養し養生に努めた。

悲しい別れ

やっとぎっくり腰から解放された。体調はまだ万全とは言えなかったけれど、気を付けて気を付けて何とか車に乗れるようになった。ただ、まだゴンのハウスへの往復くらいがやっとだった。

ゴンのことを思うと気が焦る。早く早く会いたい。

十一月二十八日、金曜日。ハムとチーズを持って会いに行った。

寮に着いたが、ゴンのハウスが見当たらない。

いぶかる私の目に入ってきたのは、ハウスが置かれていた反対側、玄関入り口に向かって左側の小さな空き地に並んで立つ桜と椿の二本の木。その根元に、解体されたハウスの一部が……。

私は気が動転していたと思う。玄関の中でごめんくださいと声をかけると、今まで一度も見たことのない学生が一人出てきた。そして、もう一人。

ゴンはどうしたのですか、うわずった声でそう問いかける私に、彼は、ゴンは一週間前、亡くなりました。


その言葉を全部聞き終わらないうちに、突然、私の目から、涙がどっとほとばしり出た。私自身、自分のその涙の反応に驚いた。思いがけない涙の出方だった。

少しずつ悲しくなって、それから涙がじわっと出てきた、というのとは違う。悲しいという感情が胸に湧き起こってくるより前に、涙が先に出てしまったのだ。

涙が、それこそ、ほとばしり出たのだ。


私は泣きながら、学生に詳しい状況を教えてもらった。

ゴンは、十一月二十三日、勤労感謝の日に、この玄関内で、すのこの上で、数人の学生たちに看取られながら息を引きとりました。ゴンは、夏はいつもあの桜と椿の木の下で土に穴を掘って寝ていたので、なきがらは、その場所に埋めてやりました。その上にゴンのハウスを解体して、みんなでお墓を作ったのです。

この時になって、私は不意に、言いようのない大きな悲しみに襲われた。ゴンが死んだ。ゴンが死んだ。ゴンがいない。ゴンはもういない。悲しい。悲しい。悲しくて悲しくて涙が止まらない。心臓のあたりが痛い。こんなに悲しいことがあるなんて……。

肩を落とし、寮を出た。とめどなく流れる涙をぬぐうこともせず、私はゴンのお墓の前にしゃがみこんだ。

それは、何という美しいお墓だっただろう。解体したハウスの入り口と後ろの板の二枚を利用してブロックと共に囲いを作っている。まるでゴンが、この入り口から、自由に出入りできるように。

白い小さな砂利がブロックの内側に敷き詰められ、チューリップが数本植えられている。すみれやその他可愛い花々が周りを飾っている。大きな食器と、きれいな水がいっぱい入った水飲み器。その他、私たちが時々人間の墓地で見かける仏前用の器も二つ。

どう見ても、素人が作れるお墓ではない。私だって、こんな素晴らしいお墓を作ることはできない。学生の中に誰かお墓に詳しい人がいるのか。犬のお墓とは到底思えない。

それにしても、ゴンのためにこんなに美しいお墓を作ってくれるなんて……。学生たちのゴンへの優しい大きな愛を思い、またしても涙があふれ、しばらく泣いた。

もし知らない人が見たら、そしてこれが犬のお墓だと知ったら、大変驚いて、ここで眠っている犬は、さぞ、とても愛され、大切にされていたんでしょうね、と言うことだろう。

翌日、私はお線香を持って、ゴンのお墓へ詣でた。お墓の前にうずくまり、お線香に火を点じて供え、手を合わせて、長いことゴンの冥福を祈った。そしていろいろ話しかけた。

ゴン、もう少しそちらの世界へ行くのを待っていてほしかった。あとせめて一週間、待っていてほしかった。会いたかった。とてもとても会いたかったよ……。本当に会いたかった。どんなに痩せていてもいいから、生きている君に会いたかった……。君の大好きな美味しい食べ物をいっぱい持ってきてあげようと思っていたのに……。

ゴン亡きあと

ゴンにはその後もかなり頻繁に会いに行った。お墓の前にかがみ、いつもいろいろ話をした。

寒い冬が去り、春がやってきて、でもゴンを失った寂しさは想像以上に私の心に棲み着き、ゴンの思い出に浸っては涙ぐんでしまう……。そんな日が続いた。

二〇〇四年四月十七日、土曜日、私はお墓参りを兼ねて、大きく引き伸ばしたゴンの顔の写真を額に入れ、寮生に会いに行った。

出てきたのはこれまで何度も話したことのあるTくん。ゴンを、ことのほか可愛がってくれていた学生である。自分たちもゴンの顔をアップして引き伸ばした写真を食堂に飾ってあるんですよ、と言って見せてくれた。
私が持参した写真も、とても喜んでくれ、これも食堂に飾ります。今日はゴンのお墓に参ってやってください。

母のお墓参りに田舎へ帰った。お墓をきれいに磨き上げ、お参りがこんなに遅くなったことを詫びて、いろいろ近況報告をした。ゴンのことも話した。私が犬が特別好きだということを母は知っている。

少し不思議な気もするのだが、このお墓参りのあと急に気持ちが軽くなった。ああ、これでゴンのことを思っていつまでも、めそめそすることもなくなるだろうな。また前を向いてしっかり生きていけるだろうな……。そんな気持ちになったのだ。

この先、私がいつまで生きようと、ゴンを忘れることはないだろう。母のことだって忘れることは決してない。折々に思い出しては懐かしみ、私の人生で愛し、深い関わりを持つことになった彼らに心から感謝することだろう。亡くなっても彼らはずっと生き続ける。

　そして遠い将来、キティもミミも、ゴンも母も人であれ動物であれ、みんな同列に並んで、思い出という真綿で、私を優しくくるんでくれるのだろう。

「あの時はありがとう」とゴンが言った

ゴンのお墓へは、散歩の途中よく立ち寄った。

命日の十一月二十三日には、必ずお花とお線香を持ってお参りするようにしていた。

でもそれも五年、六年と経つうちに、だんだんうっかり忘れたりして足が遠のいてゆき、気が付くと、季節を問わず、思いついた時にだけ、立ち寄る程度になっていた。


お墓そのものは、しばらくそのままあったが、そのうちにドアの板などが取り払われて、ブロックが数個と、水入れのステンレス容器だけになった。

私が初めてゴンに出会った時のあのプラスチック製の穴だらけの小さな犬小屋。それが置かれていた、湿った、太陽の当たらない草むらは、いつの間にかコンクリートで固められ、車が止められるようになっていた。

二〇一九年春、私は何故かゴンのことがしきりに思われ、久しぶりにゴンのお墓へ参った。すべてが朽ち果てていた。あの素晴らしかったお墓は消えてしまった。もう、どこを探してもない。お墓のそばの遅咲きの桜も満開を過ぎ、風に舞い散る花びらが、淡いピンクのじゅうたんとなって、あたり一帯を敷き詰めている。桜と並んで立つ椿は、まだ赤い花をいくつもつけたままだ。どちらの木も、ここ数年の間にずいぶん大きくなった……。

かろうじて残っているブロックも、桜の花びらでびっしり覆われている。

私は二本の木を、しばらくじっと見上げた。そしてブロックの前にしゃがんで目を閉じ、自分の人生で思いがけずも深い関わりを持つことになった一匹の犬のことを思った。

思い出がいろいろ脳裏をよぎる。土に向かって犬の名前を小さな声で何度か呼んだ。

ゴンにとって、私はどんな存在だったのだろう……。時が経てば経つほどはっきりしてくるのは、ゴンと学生たちの絆である。その絆はとても強く、深くて、その間に私が入るすきまはなかった。

たとえ私がゴンのためにいろいろしたとしても、それはゴンにとってどういう意味を持っただろう……。ゴンにとって、毎日、朝も夜もそばにいて面倒を見てくれる学生がすべてだったような気がする。

ゴンにとって良かれと思い、たとえ毎日ではなくてもゴンの世話をすること、これは私自身が楽しかったからだ。ゴンが美味しそうにお弁当を食べているのを見ると、嬉しくてたまらなかったからだ。そしてこの喜びは、ゴンが私にくれた大きな贈り物だった。

当時の学生たちは、今どこで何をしているだろう……、それぞれが、たくましく社会の中で立派に生きていてくれるだろうか……。

ゴンに示してくれたあの思いやりと優しさを持った彼らならきっと大丈夫。

幸せな人生を歩んでくれていることだろう。

今現在、この寮で暮らしている学生たちは、昔、この寮で飼われていた一匹の犬のことなど、何も知らないだろう。ましてて、ここにその犬のお墓があったことなど、誰ひとり知らないだろう……。

でもここに、この桜と椿の木の根元、土中深く、ゴンは今も静かに眠っている。私はそれを知っている。

感慨深くそのことに思いをはせていた時、私はふと、ゴンが「あの時はありがとう」と、言ったような気がした。確かに言った……。そして何が「ありがとう」なのか考える必要はなかった。瞬時にひらめいたのだ。

「ああゴン、君の首を絞め付けていたあの首輪がゆるんで、大きな息ができたあの時のことなのね。そうなのね。ああそうなのね。良かった、ゴン、本当に良かったね。ゴン、私こそ、いっぱいありがとう。ゴン、君に出会えて本当に良かった……。」私は、小さくつぶやいた。

著者プロフィール

左樹 早苗（さき さなえ）

岡山県生まれ。
マギール大学（カナダ・モントリオール）卒業。英文学・哲学を学ぶ。
カナダ・アメリカ・ベルギー・ドイツにて14年間の海外生活を送る。
長年英語塾「wab」を主宰。
東京都在住。
著書『まんだら山のスズメと桜』(2005年　文芸社)
　　『三つの宝物』(2017年　文芸社)

「あの時はありがとう」とゴンが言った

2023年11月23日　初版第1刷発行

著　者　左樹 早苗
発行者　瓜谷 綱延
発行所　株式会社文芸社
　　〒160-0022　東京都新宿区新宿1－10－1
　　電話　03-5369-3060（代表）
　　　　　03-5369-2299（販売）

印刷所　図書印刷株式会社

ISBN978-4-286-24454-9